A Andorinha-do-Mar

Uma história de descoberta

Conto de Brooke Newman
e ilustrações de Lisa Mann Dirkes

Tradução de
E. Barreiros

EDITORA RECORD
RIO DE JANEIRO • SÃO PAULO
2003

Cip-Brasil. Catalogação-na-fonte
Sindicato Nacional dos Editores de Livros, RJ.

N461a
Newman, Brooke
A Andorinha-do-Mar: uma história de descoberta: conto / de Brooke Newman; e ilustrações de Lisa Mann Dirkes; tradução de E. Barreiros. — Rio de Janeiro : Record, 2003.

Tradução de: The Little Tern
ISBN 85-01-06446-7

1. Conto americano. I. Barreiros, E. II. Título.

03-0034
CDD — 813
CDU — 821.111(73)-3

Título original em inglês:
THE LITTLE TERN

Copyright © 1999, 2001 by Brooke Newman
Copyright © 1999, 2001 by Lisa Mann Dirkes

Todos os direitos reservados.
Proibida a reprodução, no todo ou em parte, através de quaisquer meios.

Direitos exclusivos de publicação em língua portuguesa para o Brasil adquiridos pela
DISTRIBUIDORA RECORD DE SERVIÇOS DE IMPRENSA S.A.
Rua Argentina 171 – Rio de Janeiro, RJ – 20921-380 – Tel.: 2585-2000
que se reserva a propriedade literária desta tradução

Impresso no Brasil pela RR Donnelley América Latina

ISBN 85-01-06446-7

PEDIDOS PELO REEMBOLSO POSTAL
Caixa Postal 23.052
Rio de Janeiro, RJ – 20922-970

EDITORA AFILIADA

"— Gato de Cheshire — começou ela, de maneira um tanto tímida. — Você poderia, por favor, me dizer que caminho devo tomar daqui?

— Isso depende muito de aonde você quer chegar — disse o gato.

— Não ligo muito aonde — respondeu Alice.

— Então não importa que caminho você tome — disse o gato."

Lewis Carroll

Esta é uma história sobre um passarinho extraordinário. Se a maior parte dos pássaros já é admirável por seus méritos, esse em especial era (alguns ousariam dizer) particularmente extraordinário.

O passarinho deste conto é uma andorinha. Mais precisamente, é uma andorinha-do-mar. A andorinha-do-mar é pequena, elegante e uma acrobata aérea muito habilidosa, que passa a maior parte de sua vida no ar, planando, mergulhando, arremetendo e sobrevoando mares, rios e lagos que invadem a terra. Identificada por suas asas longas e afiladas e sua cauda bifurcada, a andorinha-do-mar tem um bico amarelo e uma marca negra em forma de cunha em sua fronte. Suas pernas curtas e pés pequenos não foram feitos para passar muito tempo no chão. Por isso, sempre em que está em terra, a andorinha-do-mar é uma turista. Ela mora mesmo é no céu.

Esta história é sobre um desafio único enfrentado pela Andorinha-do-Mar.

Ao longo de todo este conto, o leitor precisa lembrar e estar sempre consciente de que a essência da andorinha-do-mar está nas linhas que traça no céu. Tudo que ela conhece e compreende está em pinturas sobre o planeta.

Dito isso, o desafio que a andorinha enfrentou pode ser mais bem compreendido, já que por alguma razão misteriosa ela perdeu sua capacidade de voar. Essa

história reconta sua jornada através desse evento tão desorientador. Pois se havia uma circunstância capaz de causar problemas, esta seria uma onde tudo que parecia ser uma coisa era outra, e todas as coisas conhecidas e sabidas, de repente, seriam completamente estranhas.

Então, seguimos com a história dessa pequenina Andorinha-do-Mar e sua luta para recuperar o que foi perdido.

A História da Andorinha-do-Mar

Nasci durante a estação em que os mares se aquecem, quando a luz dos dias invade as noites. Minha casa era o céu eterno sobre aquele mar verde azulado. Passava a maior parte das horas em que estava desperta sobrevoando o oceano, esperando que a mais sutil das sombras surgisse na água lá embaixo.

Meus dias eram bem agradáveis e rotineiros, e quando o ar se arrepiava com a chegada do frio, eu me juntava às outras andorinhas-do-mar e viajava para o sul em busca do calor. Nosso longo vôo era planejado cuidadosamente por algo muito maior que nós mesmas. Com um destino em nossos corações e um horário em nossas almas, rumávamos na direção de lugares mais cálidos. Depois de algum tempo, sabíamos que era hora de decolar e voltar ao norte. Era uma vida boa, e a única que eu imaginava existir.

Um dia tudo isso mudou. Tornei-me incapaz de voar e minha vida transformou-se drasticamente. Num momento eu estava voando, e, no seguinte, não sabia mais fazê-lo. O que eu conhecia e compreendia deixou de existir, e o que tinha diante de mim parecia completamente estranho.

Quando algo se quebra, é necessário que seja consertado; então, logo comecei a me examinar em busca de uma peça quebrada. Asas, penas, pés, cauda. Eu me examinei não apenas uma vez, mas duas, três ou mais. Nada encontrei que precisasse ser curado ou consertado. Tudo estava em ordem e em seus devidos lugares. Refleti que existem coisas que se quebram por fora, como caudas e asas; e outras que se quebram por dentro, como crenças e convicções.

Concluí, naturalmente, que devia haver algo quebrado por dentro, o que, naquele exato momento, me deixou simplesmente arrasada. Eu pensava que as andorinhas-do-mar deviam saber apenas uma única coisa: voar sobre o mar em busca da sombra de peixes lá embaixo.

Meu bando me olhava com curiosidade, e à medida que eles planavam em aterrissagens suaves e vinham para o meu lado, perguntavam por que eu não estava voando. Em vez de simplesmente contar a verdade — sobre a qual eu não tinha a menor idéia —, eu criava elaboradas desculpas. Conforme o tempo passava, minhas desculpas ganhavam mais detalhes. Eu descrevia aventuras na praia e descobertas de iguarias finas escondidas sob a areia.

Então começou minha jornada particular.

A Jornada

Durante aquele período da minha vida, acreditava que tudo o que eu sabia estava perdido, e nada me restava. Tudo o que eu conhecia — meu bando, os céus, meus vôos, meu rumo — não era mais o mesmo. Tudo o que eu havia sido encontrava-se ali onde eu estava. O que estava à frente era totalmente misterioso. Sentia saudade do que eu fora, e me perguntava para onde e por que aquilo se desvanecera.

Por isso, este conto relata minha jornada naquelas mesmas areias onde as dunas brancas se erguem da orla em direção às nuvens, com a relva verde colorindo seus topos. Durante essa época da minha vida, vivi perto da praia, onde a costumeira névoa da manhã chegava rolando com as ondas, escondendo a terra, o mar e o céu sob a bruma.

Durante aquelas manhãs, eu escutava o som familiar das sirenes de nevoeiro vindo do farol branco distante que alertava os barcos pesqueiros no mar. Os mesmos barcos pesqueiros que eu costumava seguir baía adentro, junto a bandos de gaivotas e outras andorinhas-do-mar que mergulhavam em busca dos restos de peixes despejados pelos pescadores. No passado, eu competia por aqueles pedaços. No passado.

Durante aquele período eu, impaciente na praia, podia apenas escutar os gritos dos outros pássaros, o zumbido dos barcos e o som da sirene de nevoeiro.

Por esses motivos, tornei-me, naturalmente, uma espécie de colecionadora da praia. Colecionava cores, pensamentos e sonhos. À noite, observava o céu descortinando um brilho mágico. Aquelas estrelas tornaram-se boas companheiras, e, na verdade, acabei conhecendo algumas muito amigas e leais.

Uma estrela em especial que eu tive a oportunidade de conhecer pendia do canto a nordeste do céu. Ela começou a cair, coisa que acontece com elas de vez em quando, e logo parou. Começou a cair de novo, e mais uma vez parou. Fiquei pensando por que aquela estrela era tão instável.

— Por que você é tão instável, estrela? — perguntei.

Ela, então, olhou para baixo e me localizou do jeito que as estrelas sempre fazem com facilidade, e respondeu.

— Instável? Você está falando comigo?

— Estou, sim. Fiquei vendo você cair e parar e cair de novo e parar mais uma vez.

— Ah, isso! É, foi de propósito. É o meu trabalho supervisionar as outras estrelas.

— É mesmo?

— É, sim. E não é um trabalho fácil. É preciso ter um bom olho e muita paciência, pois há muitas estrelas, e elas têm uma tendência a se movimentar de vez em quando. As estrelas mudam ao longo dos anos. Se há um milhão de anos uma delas tinha uma certa aparência, hoje pode ser outra.

"É um trabalho que consome muito tempo e no qual a habilidade de se mover e parar com muita freqüência é fundamental — disse a estrela.

— O que você faz com toda essa informação sobre as estrelas?

— O que eu faço?

— É, qual o objetivo dessa supervisão das estrelas?

— Objetivo?

— É — insisti.

— Objetivo — ela refletiu. — Bem, acho que é ser uma estrela, viver como uma estrela e cumprir com os deveres de uma estrela. Todas as coisas têm um objetivo.

— Os pássaros também?

— É claro que sim. O objetivo de um pássaro é ser um pássaro.

— O que isso significa?

— Bem, não posso dizer ao certo, pois uma estrela sabe apenas o que uma estrela precisa fazer. Posso olhar para um pássaro e dar um bom palpite, mas, honestamente, uma estrela nunca vai saber exatamente o que é ser um pássaro, do mesmo jeito que um pássaro não vai compreender a vida de uma estrela.

E dito isso, a estrela desapareceu na escuridão da noite.

Eu vi a estrela várias outras vezes, mas sabendo como ela era ocupada, decidi não lhe fazer mais perguntas. Refleti sobre o que ela tinha falado e sobre o que ela dissera sem dizer e percebi que eu tinha poucas respostas. Desanimada, perguntei a mim mesma se um pássaro que não sabia mais voar ainda podia ser chamado de pássaro.

Se não era um pássaro, então o que eu era? Com certeza, não era um rinoceronte, um hipopótamo, um homem, um mosquito, uma cobra ou um rato.

Talvez um pássaro pudesse ser um pássaro, independentemente de onde estivesse parado no mundo. Se uma estrela caísse no chão, refleti, nem por isso deixaria de ser uma estrela.

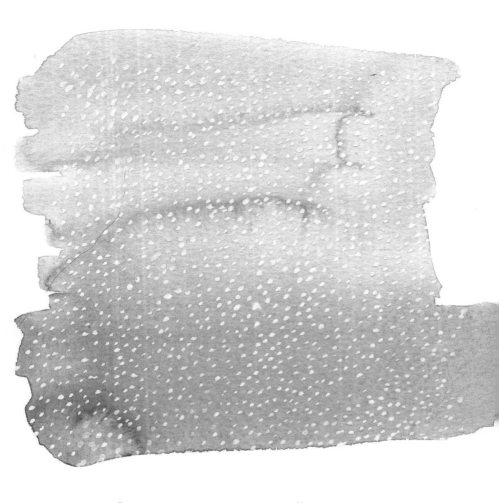

O inverno, a primavera, o verão e o outono passaram, e com o tempo tornei-me um aplicado estudante dos céus e da frágil fronteira do oceano, onde as ondas beijavam a areia. Prestava tanta atenção na beira do mar como meus amigos pássaros

faziam com as sombras no oceano. Ouvia as ondas quebrando contra a areia molhada dia após dia. Nunca perdi a esperança de que despertaria para os céus, mesmo vivendo na terra.

Um dia eu vi uma flor roxa crescendo na areia. Flores não costumam crescer na areia.

Caminhei com cuidado até a flor e parei perto, mas não muito, de suas pétalas macias. Cumprimentei-a com um aceno de cabeça. A flor não respondeu. Na verdade, eu não esperava que respondesse. Era uma flor delicada e graciosa, e quando uma brisa suave varreu a praia, ela balançou com o vento. Quando, mais tarde naquela noite, a neblina desceu, a flor banhou-se nas brumas.

À noite, quando o ar tornava-se frio, a flor encolhia suas pétalas. Eu a vigiava durante a noite.

De manhã, ficava vendo a flor roxa abrindo suas pétalas.

Eu observava com atenção as pequenas mudanças que ocorriam na rotina dos dias que passavam, na esperança de encontrar nessas discrepâncias algumas respostas. Compreendi que mesmo no que parece ser preto-e-branco, há cores vivas. Naquele momento, percebi que nunca enxergara nada no mundo preto-e-branco em que eu vivera até então.

Eu havia me acostumado a enxergar apenas as tonalidades que já conhecia e supunha que não tivessem muita importância. Entretanto, agora sentia estar prestes a ver que havia mais nesse aparente preto-e-branco do que uma simples falta de cores.

Eu encontrei restos e tesouros esquecidos nas praias, especialmente durante os meses de verão. Biscoitos, bolachas, limonada estragada, pêssegos, passas, batatas fritas, maçãs. Baldes, pás, revistas, lápis, pipas, balões. Levei muitas dessas coisas para meu pequeno refúgio na duna.

Eu colecionava sabores, cheiros, texturas, palavras, sonhos e pensamentos, e os misturava da mesma forma que um pintor faz com vistas, cenas e sensibilidades. Acabei criando um caleidoscópio pessoal que tornava meus dias e noites muito mais agradáveis. E, quando eu ficava solitária, tinha a flor para visitar.

O tempo passava devagar.

Apesar de ter a flor roxa a quem visitar, nós não conversávamos, e depois de um tempo comecei a desejar um amigo. Sabia que teria de ser uma criatura bastante diferente para querer ser amiga de um pássaro tão estranho quanto eu. E achei que devia tirar da cabeça a idéia de amizade.

Entretanto, concluí que é muito difícil obter aquilo que desejamos se afastamos essa idéia de nossas mentes.

Não muito tempo depois de considerar essa necessidade de um amigo, um evento surpreendente ocorreu.

Estava começando a amanhecer, aquele momento entre a escuridão e a luz do dia, quando o sol surge ao longe, erguendo-se sobre o horizonte do mar. Eu andava pela praia devagar, rumo à água, quando percebi um pequeno caranguejo de areia parado, imóvel, à beira d'água.

De alguma forma, parecia apropriado que eu conhecesse essa criatura peculiar. O caranguejinho tinha sua toca na base das dunas, um buraco profundo na areia. De vez em quando, ele corria de seu esconderijo, atravessava a praia e chegava o mais

perto possível da água. Lá, ficava de lado para o mar, prendia-se à areia e esperava que uma onda viesse e o cobrisse totalmente. Depois de conseguir retirar da onda algo para comer e beber, ele corria de volta para sua casa aos pés da duna.

A amizade não é algo que surge de uma hora para outra. Sabia que levaria tempo para nos conhecermos bem. Especialmente devido às nossas características: ele um caranguejo, eu um pássaro.

Eu teria de ser paciente... algo que, infelizmente, não estava muito acostumada a ser.

O caranguejo e eu observamos os movimentos um do outro por vários dias.

Comecei a cantar quando o vi dando a sua corridinha pela praia. Cantei o céu infinito que não começava em lugar algum e se estendia para sempre.

Cantei as ondas grandes que nasciam lá longe no meio do mar e, de algum jeito, conseguiam achar seu caminho para a praia.

À medida que os dias passavam, fomos conhecendo um ao outro em silêncio.

Numa manhã cinzenta isso mudou. O caranguejinho tinha molhado suas guelras na água e estava voltando pela a areia em direção à sua casa quando uma gaivota surgiu acima, no céu. Ela voava em círculos, preparando-se para mergulhar e capturar sua presa: o caranguejo.

Ao ver aquilo, eu fiz a maior confusão. Corri para perto do caranguejo, furiosa, e joguei areia sobre sua carapaça. Isso confundiu a gaivota, que se afastou em busca de uma refeição mais fácil.

Quando a gaivota desapareceu, o caranguejo, cavando,
saiu debaixo daquela
bagunça que eu tinha feito.
Ergueu os olhos para mim
e eu olhei para ele.

Assim, tal como muitas
amizades são formadas
a partir de situações terríveis,

nós ficamos amigos.

A verdadeira amizade é uma flor que cresce muito devagar.

Ficamos ali, juntos um do outro, enquanto a maré descia. Um baixio surgiu e canais de água formaram-se sobre os bancos de areia macios como seda. Peixinhos nadavam velozes de um lado para o outro nas águas rasas. Observávamos em silêncio, e quando a maré começou a mudar, meu amigo rumou em direção às dunas, enquanto eu o acompanhava e o protegia com o olhar.

Na manhã seguinte, eu o vi percorrer seu caminho até a água, e então, mais uma vez, voltar para sua casa na areia.

Um dia nos encontramos, por acaso (pelo menos aparentemente), de pé, lado a lado na beira da água. Ele, de lado para o mar; eu, de frente para o horizonte e para o oceano.

Começamos a conversar, e eu logo contei a ele minha história, minha tristeza por não ser capaz de voar, o que ele disse ter percebido e o deixado intrigado. Preferi explicar logo isso para que tudo ficasse claro, e se ele fosse me rejeitar por minha fraqueza ou minha honestidade, que rejeitasse. Entretanto, ele minimizou esse detalhe, dizendo que não era importante no domínio das coisas. Meu amigo, o caranguejo, era sábio.

Quando terminei minha história, ele apenas disse para mim:

— O incomum só é incomum se você o vê dessa maneira.

— Afinal — prosseguiu ele —, quem melhor para louvar o incomum do que eu? Talvez você esteja apenas habituada demais àquilo que você sabe e precisa descobrir o que ainda não sabe.

Refleti sobre aquilo em silêncio, e então ele disse:
— Você não perdeu a sua habilidade de voar. Apenas a guardou no lugar errado.

— Como assim? — perguntei.

— Perder uma coisa significa que ela está perdida para sempre. Guardar no lugar errado é bem diferente. O que está no lugar errado não está perdido. Encontrar algo significa prestar atenção aos detalhes e reconhecer o que você não está reconhecendo.

— Como o quê?

— Como as coisas import... como as coisas que você tem guardado em sua coleção, são as coisas importantes de lembrar.

— As coisas que tenho guardado são as coisas importantes de lembrar — repeti, tentando seguir as palavras de seu raciocínio confuso. Acho que deve ser um pouco demais esperar que um caranguejo fale de um jeito simples e direto, levando em conta a sua natureza de andar de lado.

Seguimos nossos caminhos diferentes naquela noite e eu não conseguia pensar em mais nada além de suas palavras. Na manhã seguinte, levantei cedo para fazer milhões de perguntas ao caranguejo.

Fiquei perto da água esperando pacientemente que ele aparecesse, mas ele não apareceu. Esperei o dia inteiro, até o cair da noite. Quando a escuridão envolveu tudo em minha volta, comecei a ficar ansiosa.

Imaginei que algo terrível poderia ter acontecido com meu amigo estranho que andava de lado. De pé, no limite da arrebentação, procurei por ele na margem e bem longe no mar. Mas não encontrei nenhum caranguejo.

Na manhã seguinte, a neblina baixou sobre a praia e eu tentei, sem sucesso, avistar o caranguejo. Eu nada via além da nuvem cinza que me cercava. A praia desaparecera no nevoeiro. É realmente curioso como, em um instante, você pode ver ao longe e, em seguida, nada ver. Eu me perguntei se o que via tinha desaparecido ou ainda estava no mesmo lugar, apenas invisível.

O tempo passou.

Numa manhã apareceu uma borboleta.
Era magnífica e sua beleza me pegou de surpresa.
Ela descansava pousada sobre uma concha que
estava na areia perto de mim.

Observando a borboleta, eu me perguntei se, à noite, ela era como as estrelas de dia, que ainda estavam lá, mas invisíveis. Eu refleti, em silêncio, sobre o que seria daquela beleza sem uma luz brilhando sobre ela... Se não houvesse luz, a borboleta ainda seria bonita?

Desisti de esperar que o caranguejo aparecesse. Não que vê-lo não fosse me deixar feliz, mas não iria mais passar meus dias a esperar. Se me perguntassem por que eu tinha desistido de esperar, seria difícil responder. Apenas estava ocupada demais todos os dias, estudando, colecionando, estudando mais, com atenção muito concentrada. Percebi que, talvez, o caranguejo quisesse que eu descobrisse a diferença entre esperar e perder tempo e esperar e aprender com o tempo.

Uma manhã, o sol nasceu e brilhou sobre a praia. Percebi, então, que minha sombra estava ao meu lado. Devia sempre ter estado ali, mas eu nunca a notara antes. É estranho como algo pode estar em um lugar o tempo inteiro e não ser notado em momento algum.

De repente, ver a sombra pareceu uma descoberta. Eu adorava encontrar corrupios-do-mar enterrados na areia. O que não é tarefa fácil.
É difícil.
É difícil encontrar um corrupio no meio de um furacão.
É difícil encontrar um deles quando o sol está brilhando com força.

É difícil quando o vento sopra.
É difícil durante uma tempestade de granizo.

É difícil quando a maré está alta.
É difícil quando os raios caem na praia.

É difícil quando faz muito frio.
É difícil quando está muito quente.
É difícil quando há gente na praia.
É difícil quando há muitos cachorros na praia.

Ou cavalos.

Ou carneiros.

Ou cobras.

Entretanto, uma vez encontrado um corrupio difícil de achar — ou, no caso, uma sombra —, é muito mais valioso do que se fosse fácil de se localizar. É impressionante, pensei, como essa sombra esteve aí o tempo todo. Talvez não estivesse perdida, apenas fora de lugar. Essa sombra que antes parecia invisível, incolor, sem objetivo ou personalidade, agora se destacava magnífica.

Eu refleti sobre a sombra... Percebi que um pássaro em vôo não tem uma sombra ao seu lado. Apenas quando aterrissa ele pode se refletir naquele contorno escuro dele mesmo. Uma sombra é um lembrete do que está ali mesmo quando não está ali. Até aquele momento, eu nunca tinha me dado conta da minha sombra, ou de nenhuma outra sombra. Um pássaro não pode verdadeiramente voar se não puder perceber que suas penas e asas são realmente valiosas e magníficas. Um pássaro precisa ver a essência de todas as coisas abaixo de suas asas para conseguir voar sobre o planeta.

Parado na praia, encarei minha sombra e percebi que o caranguejinho tinha aparecido do outro lado da faixa de areia, no pé da duna. Ele estava me olhando.

Na verdade, pensei, é surpreendente que algo possa estar presente sem ter uma presença.

E então, de maneira bem natural, abri e estiquei minhas longas asas naquela brisa e planei imediatamente acima da linha da água. Sobrevoei a arrebentação, vi a espuma branca surgir das ondas verde-azuladas que rolavam sobre si mesmas. Agora eu estava de volta aos céus como um pássaro que, finalmente, tinha visto a sua sombra. E assim, tão estranha e solitária quanto eu me sentia antes, tive a certeza de que aquele evento devia ter acontecido com muitos pássaros antes de mim e iria acontecer a muitos outros depois. É assim que a vida se descortina para um pássaro a fim de que ele seja capaz de adquirir a sabedoria de que precisa para ser um guardião dos céus.

Com as asas abertas, olhei para trás para ver meu amigo caranguejo a me olhar. Eu sabia que iríamos nos encontrar outra vez.

Estas aquarelas são
para meus pais e minha irmã
Karen, meu marido Jimmy
e meus filhos Christopher,
Hilary, Fred, Jimmy e
Maggie — professores bondosos
de amor e verdade —, renovadores
da alma e das alegrias.
E em memória à minha querida
amiga Shelley.
"Se uma estrela cai
no chão, percebi, ainda
continua sendo uma estrela."
A Andorinha-do-Mar

Para meus filhos
Nikos, Samantha, Blue, Joey,
que me ensinaram a
apreciar o inesperado,
e para Mark, que me deu
a coragem para
esperá-lo.
E também
para Huxley e Fleury,
meus parceiros de caminhadas.

Brooke Newman é editora, co-autora e autora de vários livros, roteiros e peças. Ela recebeu um prêmio da Pacific Northwest Writer's Guild pela peça em um ato, *Os amantes da minha mãe*. Ela vive em Aspen, Colorado, com seus quatro filhos e três cachorros.
LISA MANN DIRKES começou sua carreira como ilustradora *freelancer*. Colaborou com vários veículos, entre eles a *Vogue*, mas agora se dedica às artes plásticas. É casada, tem cinco filhos e vive em Massachusetts.